ALBUM D'IMAGES.

NOUVEAU

SYLLABAIRE

RÉCRÉATIF.

CHARLES PINOT, Éditeur à Épinal.

Je soussigné, déclare avoir l'intention d'imprimer sans changements, pour mon compte, un ouvrage ayant pour titre (Albums d'images) Nouveau Syllabaire récréatif, lequel je me propose de tirer à Dix Mille exemplaires en un volume de f°
in-8 contenant Seize pages d'impression.

Épinal, le 9 X bre 1872

(1486)

LA PETITE MARIE ETUDIE SA LEÇON

El le con naît dé jà tou tes ses let tres, el le sau ra bien tôt li re.

C'est u ne pe ti te fil le bien o bé is san te, bien gen til le.

CH. PINOT ÉDIT. A ÉPINAL.

A B C D E

F G H I J

K L M N O

P Q R S T

U V X Y Z

a b c d e f g
h i j k l m
n o p q r s t
u v x y z

LE COQ

LA POULE.

Voyelles

Ou lettres formant seules
un son, sans le secours
des autres lettres.

a e é è i o u y

A E É È I O U Y

IL Y A TROIS ACCENTS :

Accent aigu	é	é pée
Accent grave	è	nè gre
Accent circonflexe	ê â î ô û	tê te

CHIFFRES.

1 2 3 4 5 6 7 8 9 0

LA PETITE JULIE FAIT UN BOUQUET
POUR SA MAMAN

ab	eb	ib	ob	ub
ac	ec	ic	oc	uc
ad	ed	id	od	ud
af	ef	if	of	uf
al	el	il	ol	ul

LE PETIT AUGUSTE PROMÈNE SON CHIEN

Ba	bé	bi	bo	bu
Da	dé	di	do	du
Va	vé	vi	vo	vu
Ma	mé	mi	mo	mu
Za	zé	zi	zo	zu

LA POUPÉE DE PAULINE AU DODO

pa	pé	pe	pi	po	pu
na	né	ne	ni	no	nu
sa	sé	se	si	so	su
fa	fé	fe	fi	fo	fu
ra	ré	re	ri	ro	ru
ta	té	te	ti	to	tu

MÉLANIE ET ÉDOUARD
RAPPORTENT DES FRUITS DU JARDIN

â ne, a mi, da me, ca fé,
mè re, pè re, fê te, ga ze
dî né, pi pe. tê te, pa pa,
li re, mo de, jo li, dé jà.

L'ÉCUREUIL

Est un joli petit animal qui grimpe sur les arbres.
Il vit de fruits, de noisettes, etc.

**Bo bi ne A va re Vo lu-
me A ri de Ca ba ne
Lé gu me Pe lo te Ma-
da me E co le Pe ti te
I do le E lè ve Or du re**

ÉMILE ET GUSTAVE
JOUENT AUX BILLES.

Le da da, du pâ té, du ca fé, la sa la de, le rô ti, le ba ba, la ca ba ne, la ca ra fe, la fi gu re. Tu se ras pu ni. Il a dî né.

LES CERISES
SONT UN FRUIT DÉLICIEUX,
JE LES AIME BEAUCOUP

Bal	bel	bil	bol	bul
Bac	bar	bir	bor	bur
Cal	cel	cil	col	cul
Dal	del	dil	dol	dul
Fal	gal	mal	nal	pal
Tal	vil	vol	tar	var
Bar	dur	pac	tac	mer

HUE DADA! HOP! HOP!

Bar be	Car pe	Cor de	Bor ne
Gar de	Lan ce	Dan se	Din de
Gol fe	Cor net	Dor toir	Ban nir
Sa lir	Te nir	Bou doir	Ga lon
Bé nir	Va let	Sol dat	Rei ne
Ar gus	Ra vir	A zur	Sor tir
Cal cul	Ve nin	Ve nir	Pa ge

LA LIONNE APPORTE UNE PROIE

A DÉVORER A SES LIONCEAUX

Bla fla gla bra dra cra

Fli gri pri tri vri dri

Dro fra bro froc pla pli

Brin bron chou trou

Cha cho gro gnon

Gna gni gnan pha (fa)

Mo ï se Sa ül (ï ü tréma)

LE GROS TOUTOU

BON JOUR MON BON MÉDOR

ia, Vian de. io, fio le. ié, fiè re. ieu, Dieu. ion, pion, oui, foui ne. Ch, che min, chan son. Gn, a gneau, o gnon. Bl, blanc, blon. Br, bra, bre. Pl, plu me. Pr. pro pre. Cl, clo che.. Cr, cra be. Gr, grâ ce. Gl, gla ce. Dr, dra gon. Tr, tra hir. Fl, Flû te. Fr, frai se. Vr, li vre. Sc, scor pion. St, sta tue.

LE RENARD

Le renard est carnassier, il mange les poules, le gibier, lièvres, lapins et perdrix.

Blâ me, ta ble, pra li ne, glo be, bor gne, bou chon, bouil lon, bi jou, gra din, mou choir, é pa gneul, cha touil lé, an douil le, pa pier, bi che, gou jon, fra cas, gr uau, flo rin, flè che, si gnal, bro che,

LA BONNE GRAND'MÈRE S'AMUSE
AVEC LE PETIT JULES

Ai	se prononce	**è.**	**Lai ne**
Au	se prononcc	**ô.**	**Au tre**
An	se prononce	**en**	**En fer**
Y	se prononce	**ii.**	**Noyau**
Ç	se prononce	**s.**	**Fa çon**

Ô LE JOLI PETIT OISEAU

Il est tout jeune, il ne sait pas encore manger seul, Eugénie lui donne la becquée, quand il sera grand, il chantera très-bien.

PETITS ALBUMS

D'IMAGES

C

Le petit Poucet.

Le Chaperon rouge.

Le Chat botté.

La Poupée merveilleuse

Nouveau Syllabaire récréatif

Chacun de ces Albums colorié
broché se vend 0, 40 cent